MAVRICE DE GVERIN

LE CENTAURE

LA BACCHANTE

LES BIBLIOPHILES DE PROVENCE

LE CENTAURE
& LA BACCHANTE

PAR

MAURICE DE GUÉRIN

poèmes en prose

précédés d'une étude par
ERNEST ZYROMSKI
et ornés de bois gravés par
MARIUS BARRET

JUSTIFICATION

CET OUVRAGE A ÉTÉ TIRÉ EN TOUT
A CENT VINGT-CINQ EXEMPLAIRES
SUR PAPIER VELIN VIDALON, SAVOIR
CENT EXEMPLAIRES DE SOCIÉTAIRES
NUMÉROTÉS DE I A C, & VINGT
CINQ EXEMPLAIRES DE PRÉ-
SENT MARQUÉS DE A A Z
DE PLUS IL A ÉTÉ TIRÉ
SUR JAPON MINCE,
VINGT SUITES DES
BOIS DE BARRET
EXEMPLAIRE
NUMÉRO

LXXIV

IMPRIMÉ
SPÉCIALEMENT POUR
M. ALEXIS LAZARUS.

MAVRICE DE GVERIN
LE
CENTAURE
LA
BACCHANTE
1929
LES BIBLIOPHILES DE PROVENCE

L'INQUIÉTUDE
DU CENTAURE
& LA SÉRÉNITÉ
DE LA BACCHANTE

L'œuvre de Maurice de GUÉRIN a été étudiée
dans des articles nombreux et dans trois ouvrages. Indiquons, au moins, ces trois ouvrages.
Le premier a été publié, en 1910, par M. Abel
LEFRANC *(Librairie Champion)* ; ce livre, qui
demeure essentiel, prouve que la véritable cri-
tique est une émouvante résurrection. Le nom
d'Abel LEFRANC sera donc protégé, à jamais,
par le souvenir de Maurice de GUÉRIN. — Le
second a été publié en 1922, par M. Ernest
ZYROMSKI *(Librairie Armand Colin)*. — Le
troisième est en voie d'achèvement : c'est la
thèse de doctorat présentée par mon ancien
étudiant, l'Abbé DECAHORS. Les fragments que
j'ai pu connaître m'autorisent à déclarer que
cette étude ardente et minutieuse révèlera
au public le talent de ce jeune maître, en éclai-
rant par des commentaires décisifs les sources et la vie intérieure de l'âme guérinienne.

INTRODUCTION

DANS cette collection publiée par les BIBLIO-
PHILES DE PROVENCE, l'œuvre de Maurice
de Guérin ne semblera pas déplacée. Car l'ado-
lescent merveilleux du Cayla, s'il fut attiré par le
sortilège septentrional, resta fidèle à la discipline de
l'art antique. La tradition méditerranéenne fut son
armature et son frein ; et Charles Maurras qui,
depuis la mort de Mistral, incarne le génie de la
Provence, a pu dire que le poète du Centaure et de
la Bacchante est « imbu et nourri, jusqu'aux moel-
les, des plus purs sucs latins. »

I

C'était une âme puissante et déchirée, séduisante et tragique, mélange singulier de Platon et de Pascal, de Vauvenargues et de Chateaubriand, de Novalis et de Shelley. Essayons de signaler, dans la brièveté de ces pages, la grandeur de ce poète qui reçut les confidences de l'Esprit.

Les événements de sa vie nous montrent une sensibilité tourmentée, une intelligence anxieuse, une volonté toujours troublée par les alarmes. L'œuvre qui traduit cette âme est donc mélancolique, et pourtant soulevée d'élans vainqueurs vers la force et vers le sublime.

Il a écrit un Journal Intime *ou* Cahier Vert, *le plus sincère des journaux intimes, — soliloque émouvant où s'expriment les allégresses et les tristesses de la grandeur, - méditation d'un penseur qui gravit les plus hautes cimes, - chant d'un poète qui est le plus attendri des élégiaques, - confidence d'un romantique qui mourra de son romantisme même, je veux dire de sa sensibilité aux ardeurs indisciplinées et de sa pensée aux curiosités insatiables.*

Il a écrit la plus belle des élévations religieuses, cette complainte sur Marie de la Morvonnais, qu'il aima comme Dante aima Béatrice, avec la tendresse d'une passion immatérielle et brûlante. Enveloppé par les ombres de la mort d'où jaillissent tous les secrets, il s'écarte dans les sentiers du mystère pour monter vers l'âme de la défunte, et il assiste à ces révélations qui luisent dans les ténèbres, quand l'esprit dérobé aux amertumes de ce qui passe s'unit aux Idées qui dirigent le monde.

Surtout il a écrit le Centaure *et la* Bacchante, *où retentit, sur un verbe d'airain, l'accent des choses éternelles. Poèmes obscurs et chargés de sens qui développent des sentiments inépuisables, puisqu'ils expriment les aspirations de la sensibilité et de la pensée guériniennes.*

Pourquoi faut-il qu'une mort si prématurée - en 1839, à 29 ans - ait interrompu ces manifestations de puissance ?

Pour comprendre ces deux poèmes, (illustrés ici avec autant d'élégance que de force par le graveur Marius Barret dans un cadre provençal autant que mythologique), il convient d'abord de définir le guérinisme.

Le guérinisme est l'inquiétude d'une âme finie qui cherche à se dilater infiniment. Il désire égaler toutes les forces universelles. Il veut harmoniser tous les désaccords : l'insensibilité du chêne et l'émotion de la pensée, l'ivresse de la course et l'immobilité de l'éblouissement, la douceur du calme et la ferveur des exaltations.

C'est la gloire de Maurice de Guérin d'avoir défini le mal avec la précision la plus courageuse. C'est le pathétique de Maurice de Guérin d'avoir quitté le monde au moment où il signalait le remède.

Le Centaure *(1835) et la* Bacchante *(1836), qui révèlent ce mal et apportent ce remède, sont des poèmes en prose, - des poèmes, en effet, parce que le génie poétique approfondit et exalte, dans ces pages ardentes, l'expression du sentiment et de la pensée.*

Ces poèmes sont des symboles, puisqu'ils traduisent, par le tableau épique et le chant lyrique, la sensibilité et la philosophie de Maurice de Guérin. Les grandes œuvres sont toujours des confidences que les poètes font entendre quand ils montent à la cime de leur âme. Le Centaure *et la* Bacchante *illustrent, avec l'accent de la magnificence, ce qu'il y a de plus douloureux et de plus pacificateur dans le* Cahier Vert.

Le Centaure *est une biographie dramatisée. Le poète a dépeint dans les trois personnages de ce drame les trois formes essentielles de sa vie intérieure : sa sensibilité toujours exposée au tourment, son angoisse intellectuelle et sa plus haute volonté.*

Macarée est un romantique, consumé par la fièvre, blessé du mal de René et de Chatterton. Mélampe est une âme pascalienne qui se déchire dans le sentiment de ses limites et la douleur de sa servitude. Chiron est un romantique désabusé, et décidé à la guérison. Avec une lucidité qui est la récompense de sa souffrance, il signale les causes du mal : cet égarement de la sensibilité qui n'accepte pas la discipline, cette frénésie de l'imagination qui ne surveille pas ses départs, cet orgueil du guérinisme qui veut égaler son désir à l'élan du monde.

A ce mal, Chiron apporte le remède : l'observation de la vie et la méditation de ses lois. Il nous apprend ainsi que la souffrance guérinienne est le châtiment d'une grande erreur. Gardons-nous en effet de voir dans la nature une courtisane qui doit assoupir nos chagrins. Considérons-la comme l'aïeule chargée de secrets. Respectons-la comme une conseillère qui montre dans la vie un ordre survivant à tous les orages et dans l'évolution de la vie une architecture de disciplines. Alors l'amour de la nature, dirigé par le savoir, nous apporte la force et le calme.

La vue de la nature ainsi contemplée nous rassure, parce que les joies qu'elle nous donne s'accompagnent des énergies qu'elle nous inspire. Sa beauté nous élève, parce qu'elle éveille nos pensées les plus hautes. L'admiration qu'elle nous inspire engendre la ferveur du sentiment religieux.

Muni de cet enseignement, Chiron éprouve sa propre puissance en la répandant parmi les humains ; et il demande à la nature d'être sa collaboratrice dans l'œuvre générale qu'il veut accomplir. Alors il comprend que le cœur s'agrandit quand il se donne, et que la volonté se fortifie en se purifiant dans le sacrifice.

Pourtant Chiron le sage ne ressent pas la sérénité que mérite la sagesse. « Toujours inquiet », il voudrait anéantir l'inquiétude, et il se détourne sans cesse, pour retenir le calme qui l'abandonne, vers la simplicité des plantes et la fécondité des sucs bienfaisants. Mais l'anxiété l'enveloppe et il se tourmente dans le silence des cimes.

Chiron souffre encore, parce que Maurice de Guérin

*n'est pas guéri. Alors, décidé au triomphe, il monte
vers les sentiers plus rudes, et, appuyé sur la Bacchante, il s'achemine vers la sérénité des constellations.*

*Cette interprétation me semble expliquer la com-
plexité du poème. Pourtant Francis Jammes m'écrit
qu'elle ne le satisfait pas. Et cette divergence m'in-
quiète, car je n'ignore pas que Francis Jammes, le
familier des Muses, vibre aux antennes de la fraîcheur
et retrouve les divinations des grands poètes primi-
tifs : « Le poème du Centaure est l'explosion splendide,
mais marquée de mort, d'un arbre en automne.
N'ayant point mis en pratique cet axiome de Lacor-
daire que rien n'est fort comme un homme qui se
sent faible et qui prie, Maurice a recherché, dans
l'expression d'un paganisme artificiel, un tonique.
Il ne faut pas trop voir un symbole dans cette œuvre,
mais un somptueux et éphémère déploiement d'images
que l'auteur enveloppe de mélancolie. J'ai observé chez
certains malades cet extrême désir d'être forts physi-
quement. De là l'inspiration du Centaure : elle est
d'un grand souffle ; mais, à la moindre tension nouvelle, l'hémorragie se produirait. Encore une fois :
c'est un arbre d'automne qui s'enflamme comme un
bûcher, au moment même qu'il ressent qu'il va quitter*

le monde. Il fait alors miroiter le prisme des éléments dont il s'est nourri. Les feuilles du Centaure éblouissent parce qu'elles agonisent. »

Ainsi notre poëme est un arbre d'automne, éclatant et marqué de pâleur. Image opulente et triste, qui ne symbolise, je crois, qu'une partie du Centaure ! La plainte inapaisée qui traverse le poëme retentit, certes, au fond de moi. Cette beauté dans la mélancolie, qui donne tant de magnificence à la plainte, je la contemple et je l'admire dans le Journal, et je respire avec respect cette fleur éclatante au parfum d'encens qui s'épanouit dans une atmosphère de funérailles. Et je n'ignore pas que nous serons toujours moins sensibles à l'apaisement de la guérison qu'au trouble de la détresse. Ces œuvres douloureuses où pleure la grandeur ont des résonances éternelles. Nous savons bien que, dans l'histoire et dans la nature, l'effort de la vie s'achève presque toujours dans la blessure de la brièveté et le scandale de l'injustice.

Mais ne diminuons pas la portée du Centaure. N'oublions pas l'enseignement de Chiron. Comprenons la beauté de son message qui arrête, par l'apologie de la force qui se dirige, l'inutile chanson de la sensibilité inassouvie. Chiron qui redresse la fatigue de

Macarée, c'est Guérin qui médite devant Guérin qui souffre ; c'est le penseur qui proclame la nécessité de discipline devant le rêveur dispersé dans le songe et dans la chimère.

Donc ce poème, s'il ne s'achève pas dans la sérénité de la victoire, nous prépare aux difficultés du combat. Le poète n'est pas guéri : il est du moins consolé.

La Bacchante va nous apporter la paix dans la certitude.

II

Cherchons comment le poète a pu passer de l'inquiétude à la sécurité, et montrons pourquoi le poème de la Bacchante achève et couronne le poème du Centaure.

La meurtrissure humaine, je veux dire le choc toujours renaissant, dans le cœur humain, du fini et de l'infini, voilà le problème central de la métaphysique. L'originalité des penseurs se mesure à la force avec laquelle ils affrontent cet inévitable débat. Nul, après Pascal, ne l'a résolu avec plus d'angoisse que Maurice de Guérin. Nul ne l'a résolu avec plus de grandeur.

Signaler cette solution, c'est mettre en lumière la portée philosophique et morale de son œuvre.

Le poète trouvait en lui deux tendances également et diversement exigeantes : le besoin de tout sentir, et la puissance d'imaginer. L'une l'exposait à tous les tourments ; mais l'autre lui conféra, avec une arme invincible, un merveilleux pouvoir d'évasion.

En effet, avec cette clairvoyance du cœur qui égale les poètes aux plus hauts philosophes, Maurice de Guérin se faisait de l'imagination la conception la plus opulente. Elle n'est plus seulement cette puissance représentative qui reproduit avec éclat les apparences de la vie. Elle n'est pas davantage cette maîtresse d'invention qui engendre les formes étranges et neuves où se complaisent les songes. L'imagination est chargée d'une mission plus glorieuse. Elle est la synthèse des plus belles facultés de l'âme. Elle permet à l'homme d'étreindre la nature et de la dominer. Elle peut réaliser tous les désirs de la sensibilité, toutes les curiosités de l'intelligence, tous les élans de la volonté humaine. Elle a droit à l'empire du monde.

« J'étends au large le sens du mot imagination : c'est pour moi le nom de la vie intérieure... Appellation collective des plus hautes facultés de l'âme. »

(Journal 10 Décembre 1834). Cette définition est aussi profonde que vaste. Elle enveloppe et résume l'art subtil et puissant de Léonard de Vinci. Elle annonce l'esthétique de Baudelaire. Elle nous prépare à la philosophie de Bergson. Elle affirme qu'il y a dans l'âme des hommes une énergie où les divinations de l'intuition, les clairvoyances de la pensée et les ardeurs de la volonté se rencontrent pour accomplir une œuvre sublime. Energie si féconde qu'elle peut recevoir sans être foudroyée, le souffle de l'Esprit, je veux dire la visite de Dieu.

En effet cette imagination va offrir au poëte le moyen de s'évader de sa prison et de rompre le maléfice de sa sensibilité toujours menacée. Comme me l'écrivait Joseph Baruzi, cette âme secrète et tourmentée et vraiment guérinienne, - on doit dire que l'imagination ainsi comprise peut fournir « le plus haut mode de participation, le moyen de pénétrer au cœur des autres êtres, le moyen aussi d'arracher nos idées à leur isolement, le moyen enfin de résoudre l'antinomie du fini et de l'infini. » Admirable commentaire d'une pensée difficile et inépuisable ! Le centre du sujet est atteint. La démarche du génie, toujours retenue dans les ténèbres, est éclairée.

*Les deux poèmes illustrent la philosophie guéri-
nienne, puisqu'ils exposent et résolvent le problème du
fini et de l'infini. Ils justifient notre définition initiale
du guérinisme. Ils traduisent dramatiquement et lyri-
quement les rapports de la nature et de l'homme. Ils
signalent le contraste de la fragilité des hommes et de
leur élan infini à travers l'infini des choses. Ils expli-
quent la mélancolie de Macarée, l'angoisse de Mélampe
et l'inquiétude inconsolée de Chiron. Ils font comprendre que tous ces troubles seront apaisés quand le
problème sera résolu, – quand l'antinomie du fini et
de l'infini sera effacée.*

*Il faut donc que l'imagination accomplisse son
œuvre. Il faut qu'elle arrache le poète à la détresse
de son agitation. Il faut qu'elle s'empare de la sensibilité et la répande, au fond et au loin, sur tout
l'univers. Alors cette sensibilité, qui ne se meurtrit
plus elle-même, trouvera la double joie du calme
et de la fécondité. Elle se délivrera en se prouvant
sa puissance. Elle s'apaisera en s'ordonnant à la mélodie du monde. Elle se guérira en épousant la force
divine.*

*L'imagination, si elle produit ce miracle, égalera
la grandeur de son destin ; – et nous pourrons dire :*

la sensibilité risquait de dévorer le poète, mais son imagination le sauva.

La Bacchante offre à Maurice de Guérin cette solution nécessaire.

III

On trouve, dans la Bacchante, une phrase mystérieuse, baignée dans un murmure de violoncelle, qui s'insinue avec une singulière puissance de suggestion dans le secret de l'âme pour éveiller les échos révélateurs. « Une fois debout pour suivre la voix qui l'appelait vers la science des Dieux, mon esprit ne retourna plus vers la foule où il avait sa première demeure ; il s'éloigna avec son guide vers les mystères les moins fréquentés. Chaque jour la voix de la grande Bacchante se relevait, prenant devant moi dans l'obscurité des chemins. Souvent les Muses quittent le mouvement rapide des chœurs pour commencer une marche à pas lents au sein de la nuit. Revêtues de leurs voiles les plus épais et se conduisant à l'extrémité des monts, elles entonnent un chant divin dans les ténèbres. La voix d'Aëllo m'appelant vers les Dieux s'avançait pareille à cette voix des Muses portée dans les ombres. »

Le poëte ressent ici la simplicité première et l'harmonie de son enfance, quand il vivait, auprès des
dieux, sous le feuillage de l'amandier. Il revit cette
vie divine en contemplant la beauté de la nature dans
la solennité du silence sous le dôme de la nuit. Ainsi
la grandeur des émotions que Vigny éprouve quand
il a gravi la montagne pour écouter la confidence
d'Eva dans la maison du Berger, Maurice de Guérin
l'a connue dans la solitude de son vallon. Une figure de
femme se compose devant lui pour symboliser son plus
haut désir. C'est l'Ame guérinienne, mélancolique et
enivrée, qui se sentait humaine et se voulait divine; - c'est
la Muse soulevée par les transports de l'inspiration; -
c'est la Bacchante qui s'agite et se construit à l'appel de
son Dieu; - c'est l'Eva de notre poëte « Eva qui donc
es-tu? - L'enthousiasme pur dans une voix suave. »

Comme le Centaure, la Bacchante est un mythe
grec. Constatons cette action obstinée de la pensée de
l'Hellade. Car Maurice de Guérin est un grec, tout
pénétré du génie antique. Plus que Chénier, il a su
revivre les émotions les plus fraîches des temps primi-
tifs. Avec Pythagore et Platon, il écoute la musique
des sphères célestes; et, remontant plus haut, il se
module aux incantations d'Orphée et de Bacchus.

Ce Grec qui nous vient des anciens âges est un fils d'Orphée et un prêtre de Bacchus, - un fils de cet Orphée qui répand sur la nature la persuasion de l'enchantement ; - un prêtre de ce Bacchus qui préside aux initiations de l'Orphisme et aux cérémonies Eleusiniennes.

Ce fils d'Orphée a une âme de feu, une âme de prophète, capable de ces ardeurs, j'allais dire de cette ascèse, où l'Esprit se donne parce qu'il est conquis par la piété. Ce prêtre de Bacchus est un mystique, qui ne peut arrêter son tourment que dans les silencieuses allégresses de l'amour mystique.

Pascal s'effraie devant le silence éternel des espaces infinis, mais il apaise son épouvante par la méditation des Livres Saints, dans la paix des certitudes. Maurice de Guérin se désespère devant les formes innombrables de la vie qui se dérobent à son étreinte ; mais il échappe à son délire par la ferveur de son sentiment religieux devant la beauté de l'univers. Alors s'épanouit, comme l'a dit Abel Lefranc, « cette invincible tendresse qui s'établit entre lui et la nature. »

Le guérinisme qui est une forme du pascalisme creuse dans les profondeurs de l'âme un gouffre insondable qui ne peut être comblé que par la pos-

session de l'absolu. Seul l'amour de Dieu remplit l'immensité de cette nostalgie. Seul l'élan vers Dieu échappe au vertige. Seule la prière qui s'ouvre à l'envergure de Dieu arrête cette fièvre et cet éblouissement. C'est pourquoi la Bacchante, qui décrit l'âme à la recherche de Dieu, est une prière qui monte vers Dieu.

Qu'importent les divergences des opinions métaphysiques et la diversité dans les attitudes de la croyance? L'essentiel est de s'ouvrir à la compréhension de Dieu afin de conquérir Dieu et de mériter la puissance de se donner la force divine.

Telle est l'idée directrice qui a guidé la pensée et construit le poème de la Bacchante.

Ce poème est un chant. Signalons les thèmes fondamentaux de cette méditation lyrique.

1° Le thème de la jeunesse enivrée. La jeune Bacchante se répand à travers la nature avec l'ardeur d'une force qui se croit inépuisable. Dans cette exaltation, fugitive parce qu'elle est déchaînée, elle éprouve déjà, avec les pressentiments de l'amour, la présence de Dieu. Car la jeunesse de l'homme connaît l'effusion d'une ferveur qui semble divine. Le jeune Centaure s'arrêtait soudain, comme si un Dieu se dressait devant son émoi ; et Maurice de Guérin écoutait *la musique des sphères célestes sous le feuillage de l'amandier.*

2º Le Thème des Heures ou la nécessité de l'attente et de la mesure. — L'adolescence est généreuse et fragile. Son élan se trouble vite dans les divagations de la volonté. Appelons la collaboration du Temps, de la divinité aux austères attentes qui veille à la fécondité des incubations. Accueillons avec respect la venue des Heures, ces compagnes patientes de notre labeur silencieux : elles protègent la solennité de la pensée qui médite. Le thème des Heures accompagne ainsi le thème de la mesure ; car Bacchus n'est plus seulement l'énergie qui jouit de son déchaînement ; il est surtout la puissance qui répand « la mesure éternelle ». Nous comprenons maintenant pourquoi le poète a trouvé dans ce mythe l'expression de sa pensée la plus haute. Il a vénéré dans le dieu de la Bacchante le vainqueur des Titans, le collaborateur d'Apollon et des Muses, le grand Maître de la Force par les pratiques de la purification, l'inspirateur de cette religion de l'orphisme qui provoqua le plus magnifique effort de la pensée grecque vers la victoire des Idées morales.

3º Le Thème des Sommets. — Le Thème de la

mesure conduit au thème de l'exaltation. Aëllo, la Bacchante méditative qui enseigne à la jeune Bacchante la science des dieux, aspire à la beauté des sommets. Elle monte, elle monte encore dans le cortège des cimes qui l'environnent. La paix qui accompagne ses efforts mesurés et puissants l'élève à la gloire de l'inébranlable ; et l'amitié des dieux qui surgissent lui apporte, avec le sentiment d'une jeunesse qu'elle croyait abolie, la garantie d'une force appuyée sur la force du monde. La présence des dieux récompense toujours la victoire de nos ascensions.

4° *Le Thème de la Contemplation.* — La Bacchante, qui a garanti son élan en s'imposant la règle de l'attente et de la mesure, se prépare aux miracles de l'amour. Elle s'attache à son dieu comme l'ombre à l'arbre, le reflet à la lumière. Méthode invincible qui associe la discipline à l'ardeur. Malheur à celui qui, sentant sa faiblesse, ne s'appuie pas sur une force plus forte : il n'échappe pas au vertige des précipices. Aëllo ne l'ignore pas ; et elle mérite, par l'intensité de l'amour, de s'établir devant Dieu. Parvenue à ce degré de puissance, elle est insensible à ce qui passe et ne s'ouvre qu'à la splendeur de l'universel. Seul le sentiment de l'éternité peut satisfaire cette âme

*brûlante. Ce silence dans cet éblouissement, cette tran-
quillité dans cette ardeur d'essor protègent toujours
la grandeur. Pensons au silence de Moïse sur le mont
Sinaï, à la paix de Spinoza sur les sommets de la
métaphysique, à la sérénité de Marc-Aurèle dans
son stoïcisme triomphant, au ravissement de Pascal
devant l'apparition du sublime. A cette immobilité qui
rayonne, à ce sentiment de la présence des Dieux,
Maurice toujours aspira.*

*5⁰ Le Thème de la Prière. — Voici enfin le leit-
motiv souverain, le suprême accent de la voix guérinienne : le chant en l'honneur de Bacchus. Dans ce
poème qui glorifie la nature, on trouve les versets dis-
persés d'un cantique qui proclame la gloire du Dieu
créateur. Et cette longue prière ardente s'achève dans
le repos de l'hymen accompli. La Bacchante se donne
à Bacchus. « La douleur n'entra pas dans mon flanc
déchiré : ce fut le calme. Il s'éleva dans mon esprit une
flamme tranquille. »*

*Comprenons le sens du symbole. En se donnant
au dieu de la vie, en s'accordant, avec le courage de
la totale soumission, à l'Esprit qui féconde le monde,
le Poète s'appuie sur la force invincible. En vérité,
nous aboutissons à la conclusion souhaitée : sa sensi-*

bilité le dévorait dans une agitation inutile, mais son
imagination le sauva.

IV

La puissance d'une œuvre se mesure au nombre et
au pathétique des échos qu'elle éveille. Car les âmes
ont leur monde. Echappant aux servitudes du temps
et de l'espace, elles habitent, dans un présent éternel, la
même contrée mystérieuse qui ne connaît pas nos limitations. Si les chefs-d'œuvre rendent souvent un son
identique, c'est qu'ils ont leur source dans la lumière
de ces sommets. La vie de l'Esprit n'obéit pas au
rythme affaibli des apparences. Elle se concentre dans
cette région merveilleuse où les ténèbres s'illuminent,
où la lumière se revêt de la splendeur des Ombres
génératrices.

Nous pouvons affirmer, par exemple, que Platon
et Virgile, Marc-Aurèle et Spinoza, Plotin et
Mallarmé, Novalis et Maurice de Guérin sont des
contemporains qui se rapprochent, dans l'unité de
l'indiscernable, par l'harmonie de leurs accords. Ne
parlons plus d'emprunts, quand nous constatons les
effets d'une initiation commune. L'Esprit préside au

miracle de ces fusions en répandant toujours la même lumière.

La profondeur de nos deux poèmes est prouvée par l'abondance des voix qui se lèvent pour orchestrer le chant guérinien. Si la place ne nous était limitée, qu'il serait agréable d'assister à la gloire de ces concerts ! Signalons du moins les consonances fondamentales.

Novalis, mort en 1801, semble renaître en Maurice de Guérin ; car ils jouissent, l'un et l'autre, des bienfaits mutuels d'une éternelle amitié. Nous savons que Maurice aborda l'étude de Gœthe : peut-être n'ignora-t-il pas l'œuvre de Novalis. Mais qu'importe? Ils ont entendu les mêmes confidences. Ils ont répondu aux mêmes appels de la Nuit. C'est pourquoi nous voyons les jeux surnaturels des identités ; nous entendons le chant fraternel des échos, et nous suivons le charme de cette merveilleuse métempsycose.

Novalis disait : « Il est temps de réveiller nos facultés divinatoires et de rétablir, dans leur pureté primitive, les instincts qui nous relient à l'âme du monde. » Maurice de Guérin croyait aussi que la mission du poète est de retrouver cette pureté et de révéler cette puissance d'unification. Le Centaure veut les reconquérir, et la Bacchante apporte la méthode qui assure cette renaissance.

Novalis disait encore : « Il nous faut tenter de devenir immortels. » La Bacchante, qui aspire à l'immortalité, parvient au sentiment de cette plénitude. D'abord elle semble se dissoudre dans le tumulte de ses clameurs : elle se donne enfin la puissance de se construire, car elle se mêle aux forces universelles. Elle conquiert, par l'union de la mesure et de l'enthousiasme, une majesté astronomique. Elle participe à la certitude du rythme stellaire. Par cette force d'appréhension et cette volonté de rayonnement, elle ne se distingue plus du Dieu qu'elle désire. Son ardeur a mérité l'éclat de l'apothéose. Ne nous étonnons pas si, avec Novalis et Maurice de Guérin, les grands artistes se proclament, pour emprunter l'expression d'Eugène Delacroix, les « favoris de l'Esprit. »

Novalis avait repris le rêve de Plotin, de son « cher » Plotin. Il avait pénétré dans le sanctuaire de la nature. Il avait entendu les battements du cœur universel. Il admirait, dans la vie de la fleur, « la célébration d'un mystère qui se pousse à la clarté. » Il s'unissait à la joie du paysage où ces féeries s'accomplissent. Il ne s'étonnait pas de l'ivresse des oiseaux *attirés par la magie de ces lieux. Et il ajoutait avec une ardeur guérinienne : « On voudrait s'enfoncer dans la terre les mains et les pieds, pour s'y pousser des racines, et ne plus jamais s'éloigner de ces parages enchantés. » N'est-ce pas, déjà, la ferveur d'Aëllo, le mystère de sa contemplation silencieuse, le pathétique de sa volupté dionysiaque, l'éblouissement de son immobilité, le miracle de sa soudaine transfiguration ?*

Mais, sans nous attarder dans la minutie de ces rapprochements, laissons venir à nous les accords dominateurs.

Ce Centaure qui s'exalte devant le silence des monts ou le bruit de la mer, et qui se proclame le compagnon de Pan et des Muses, de Neptune et d'Apollon, c'est Orphée qui prolonge son œuvre d'enchantement ; car Maurice de Guérin, comme Virgile et Ronsard et Félix Ravaisson, a entendu la voix persuasive, et il a compris que l'homme se revêt de divinité quand il se mêle à l'âme du monde pour ajouter à la puissance de la nature la puissance neuve de ses mouvements libres qui lui donne l'allure d'un Dieu.

Ce Mélampe qui succombe sous le poids de sa nostalgie parce qu'il a voulu tout connaître, c'est Pascal qui signale la vanité de l'orgueil humain ; c'est Chateaubriand qui se lamente parce qu'il ne se détache jamais de lui-même ; c'est Byron qui s'épouvante devant son âme fatale qui répand autour d'elle le tragique de sa fatalité ; c'est Nietzsche qui désespère de la vérité, dans le geste inutile de sa raison qui va se rompre.

Ce Chiron qui veut guérir et qui écarte les appuis fragiles pour s'établir sur le trépied immuable de la nature, c'est Gœthe qui domine son romantisme et monte vers le calme, en observant l'ordre des lois, la vie bienfaisante des plantes, la marche ascensionnelle de l'univers.

Enfin cette Bacchante qui, après avoir surpris, dans la pureté de son noviciat, le secret des lentes initiations, s'attache avec la tendresse d'une amante aux pas de son dieu, et connaît enfin la gloire des immobilités soudaines dans le silence de l'extase, c'est une Bacchante platonicienne qui a gravi le cap Sunium et entendu la voix de Socrate et de son démon, la voix de Plotin, fils de Platon, la voix de Proclus, fils de Plotin. Son voyage dans la nature, à la suite de Bacchus, sous l'étreinte de Bacchus, c'est le pèlerinage des poètes penseurs, des métaphysiciens *inspirés, des grands mystiques vers la conquête de l'un et de l'éternel. Il n'y a donc pas lieu de distinguer, par des remarques qui seraient fragiles, l'ivresse de la Bacchante, la contemplation théocentrique de Plotin, la vision en Dieu de Malebranche, l'amor intellectualis de Spinoza, l'extase de Sainte-Thérèse, l'adoration de Saint-Jean de la Croix. Le vocabulaire varie, les images sont dissemblables et les symboles se transforment, mais le sentiment demeure le même. Ici et là, dans cette contrée où les Ressemblances portent enfin le visage glorieux de l'Unité, c'est le triomphe assuré de la même méthode mystique.*

Ces rapprochements ne sont pas arbitraires. Leur mutuel appui les impose au souvenir. Ils se forment en faisceau. Ils se réunissent pour garantir la portée de l'œuvre guérinienne.

Dirai-je, en terminant, les qualités de l'art et de l'expression ? Il y faudrait un bien long chapitre. Disons seulement que, dans l'œuvre des grands artistes, la perfection se révèle toujours par la synthèse des vertus les plus contrastées. Car les maîtres échap-

pent à nos classifications scolaires et démontrent la vanité de nos limitations.

Racine est le plus hardi des poètes, mais sa hardiesse est protégée par son infinie douceur. Dans les poèmes de Baudelaire, nous entendons une voix pathétique qui nous impose à la fois la blessure du déchirement et le charme de l'incantation. L'âme de Beethoven, si farouche et si tendre, achève le murmure de la souffrance dans les allégresses de la joie. Nicolas Poussin montre l'art merveilleux de mettre la volupté au service de la discipline. Le clair-obscur de Rembrandt révèle les profondeurs du mystère par l'émanation du rayonnement. Les chefs-d'œuvre d'Eugène Delacroix unissent à la nostalgie de la beauté antique le respect de toutes les puissances de l'imagination moderne. Toujours cette force secrète et dominatrice qui impose l'ordre aux énergies qui semblent hostiles.

La phrase de Maurice de Guérin est caractérisée par le mélange de la concentration et de l'ampleur, parce que la musicalité la plus suggestive est associée à la netteté des plus décisives articulations. Comment s'opère cette fusion, créatrice des plus émouvantes cadences ? C'est le secret du génie, car elle sort, comme l'émanation d'un parfum, des grandes sources *où les énergies les meilleures ne se distinguent pas pour collaborer à l'expression de l'Esprit qui opère tous les miracles.*

Donc la phrase de nos deux poèmes ondule, et pourtant elle possède la solidité d'un bas-relief. Elle résonne, et elle surgit dans la lumière de la plastique. La rumeur d'un chant de cathédrale enveloppe la fermeté d'airain de la phrase latine. De là cette puissance conjuguée de la vibration et de l'évocation. Seul, avant Maurice de Guérin, Bossuet, qui entendit l'accent des paroles divines, se présente avec ce double sceptre de la toute-puissance verbale.

ERNEST ZYROMSKI

LE CENTAURE

AI reçu la naissance dans les antres de ces montagnes. Comme le fleuve de cette vallée, dont les gouttes primitives coulent de quelque roche qui pleure dans une grotte profonde, le premier instant de ma vie tomba dans les ténébres d'un séjour reculé et sans troubler son silence. Quand nos méres approchent de leur délivrance, elles s'écartent vers les cavernes, et dans le fond des plus sauvages, au plus épais de l'ombre, elles enfantent, sans élever une plainte, des fruits silencieux comme elles-mêmes. Leur lait puissant nous

fait surmonter sans langueur ni lutte douteuse
les premières difficultés de la vie ; cependant
nous sortons de nos cavernes plus tard que
vous de vos berceaux. C'est qu'il est répandu
parmi nous qu'il faut soustraire et envelopper
les premiers temps de l'existence, comme des
jours remplis par les dieux. Mon accroissement
eut son cours presque entier dans les ombres
où j'étais né. Le fond de mon séjour se trouvait
si avancé dans l'épaisseur de la montagne que
j'eusse ignoré le côté de l'issue, si, détournant
quelquefois dans cette ouverture, les vents n'y
eussent jeté des fraîcheurs et des troubles sou-
dains. Quelquefois aussi, ma mère rentrait,
environnée du parfum des vallées ou ruisselante
des flots qu'elle fréquentait. Or, ces retours
qu'elle faisait, sans m'instruire jamais des vallons
ni des fleuves, mais suivie de leurs émanations,
inquiétaient mes esprits, et je rôdais tout agité
dans mes ombres. Quels sont-ils, me disais-je,
ces dehors où ma mère s'emporte, et qu'y règne-
t-il de si puissant qui l'appelle à soi si fréquem-
ment? Mais qu'y ressent-on de si opposé qu'elle
en revienne chaque jour diversement émue? Ma

mère rentrait, tantôt animée d'une joie profonde,
et tantôt triste et traînante et comme blessée.
La joie qu'elle rapportait se marquait de loin
dans quelques traits de sa démarche et s'épandait
de ses regards. J'en éprouvais des communica-
tions dans tout mon sein ; mais ses abattements
me gagnaient bien davantage et m'entraînaient
bien plus avant dans les conjectures où mon
esprit se portait. Dans ces moments, je m'in-
quiétais de mes forces, j'y reconnaissais une
puissance qui ne pouvait demeurer solitaire, et,
me prenant, soit à secouer mes bras, soit à mul-
tiplier mon galop dans les ombres spacieuses
de la caverne, je m'efforçais de découvrir dans
les coups que je frappais au vide, et par l'emportement des pas que j'y faisais, vers quoi mes bras
devaient s'étendre et mes pieds m'emporter....
Depuis, j'ai noué mes bras autour du buste des
centaures, et du corps des héros, et du tronc
des chênes ; mes mains ont tenté les rochers,
les eaux, les plantes innombrables et les plus
subtiles impressions de l'air, car je les élève
dans les nuits aveugles et calmes pour qu'elles
surprennent les souffles et en tirent des signes

pour augurer mon chemin ; mes pieds, voyez,
ô Mélampe ! comme ils sont usés ! Et cependant,
tout glacé que je suis dans ces extrémités de
l'âge, il est des jours où, en pleine lumière, sur
les sommets, j'agite de ces courses de ma jeunesse dans la caverne, et pour le même dessein,
brandissant mes bras et employant tous les
restes de ma rapidité.

Ces troubles alternaient avec de longues
absences de tout mouvement inquiet. Dès lors,
je ne possédais plus d'autre sentiment dans
mon être entier que celui de la croissance et
des degrés de vie qui montaient dans mon sein.
Ayant perdu l'amour de l'emportement, et,
retiré dans un repos absolu, je goûtais sans
altération le bienfait des dieux qui se répandait
en moi. Le calme et les ombres président au
charme secret du sentiment de la vie. Ombres
qui habitez les cavernes de ces montagnes, je
dois à vos soins silencieux l'éducation cachée
qui m'a si fortement nourri, et d'avoir, sous
votre garde, goûté la vie toute pure, et telle
qu'elle me venait sortant du sein des dieux !
Quand je descendis de votre asile dans la lu-

mière du jour, je chancelai et ne la saluai
pas, car elle s'empara de moi avec violence,
m'enivrant comme eût fait une liqueur fu-
neste soudainement versée dans mon sein, et
j'éprouvai que mon être, jusque là si ferme et
si simple, s'ébranlait et perdait beaucoup de
lui-même, comme s'il eût dû se disperser dans
les vents.

O Mélampe ! qui voulez savoir la vie des
centaures, par quelle volonté des dieux avez-
vous été guidé vers moi, le plus vieux et
le plus triste de tous ? Il y a longtemps que
je n'exerce plus rien de leur vie. Je ne quitte
plus ce sommet de montagne où l'âge m'a
confiné. La pointe de mes flèches ne me sert
plus qu'à déraciner les plantes tenaces ; les
lacs tranquilles me connaissent encore, mais
les fleuves m'ont oublié. Je vous dirai quelques points de ma jeunesse ; mais ces souvenirs, issus d'une mémoire altérée, se traînent
comme les flots d'une libation avare en tom-
bant d'une urne endommagée. Je vous ai
exprimé aisément les premières années, parce
qu'elles furent calmes et parfaites ; c'était la

vie seule et simple qui m'abreuvait, cela se
retient et se récite sans peine. Un dieu, sup-
plié de raconter sa vie, la mettrait en deux
mots, ô Mélampe !

L'usage de ma jeunesse fut rapide et rempli
d'agitation. Je vivais de mouvement et ne
connaissais pas de borne à mes pas. Dans la
fierté de mes forces libres, j'errais, m'étendant
de toutes parts dans ces déserts. Un jour que
je suivais une vallée où s'engagent peu les
centaures, je découvris un homme qui côto-
yait le fleuve sur la rive contraire. C'était le
premier qui s'offrît à ma vue, je le méprisai.
Voilà tout au plus, me dis-je, la moitié de mon
être ! Que ses pas sont courts et sa démarche
malaisée ! Ses yeux semblent mesurer l'espace
avec tristesse. Sans doute c'est un centaure
renversé par les dieux et qu'ils ont réduit à se
traîner ainsi.

Je me délassais souvent de mes journées dans
le lit des fleuves. Une moitié de moi-même,
cachée dans les eaux, s'agitait pour les surmonter tandis que l'autre s'élevait tranquille et que
je portais mes bras oisifs bien au-dessus des

flots. Je m'oubliais ainsi au milieu des ondes, cédant aux entraînements de leur cours qui m'emmenait au loin et conduisait leur hôte sauvage à tous les charmes des rivages. Combien de fois, surpris par la nuit, j'ai suivi les courants sous les ombres qui se répandaient, déposant jusque dans le fond des vallées l'influence nocturne des dieux ! Ma vie fougueuse se tempérait alors au point de ne laisser plus qu'un léger sentiment de mon existence répandu par tout mon être avec une égale mesure, comme, dans les eaux où je nageais, les lueurs de la déesse qui parcourt les nuits. Mélampe, ma vieillesse regrette les fleuves ; paisibles la plupart et monotones, ils suivent leur destinée avec plus de calme que les centaures, et une sagesse plus bienfaisante que celle des hommes. Quand je sortais de leur sein, j'étais suivi de leurs dons, qui m'accompagnaient des jours entiers et ne se retiraient qu'avec lenteur, à la manière des parfums.

Une inconstance sauvage et aveugle disposait de mes pas. Au milieu des courses les plus violentes, il m'arrivait de rompre subitement mon

galop, comme si un abîme se fût rencontré
à mes pieds, ou bien un dieu debout devant
moi.

Ces immobilités soudaines me laissaient res-
sentir ma vie tout émue par les emportements
où j'étais. Autrefois, j'ai coupé dans les forêts
des rameaux qu'en courant j'élevais par-dessus
ma tête ; la vitesse de la course suspendait la
mobilité du feuillage qui ne rendait plus qu'un
frémissement léger ; mais au moindre repos, le
vent et l'agitation rentraient dans le rameau, qui
reprenait le cours de ses murmures. Ainsi ma
vie, à l'interruption subite des carrières impé-
tueuses que je fournissais à travers ces vallées,
frémissait dans tout mon sein. Je l'entendais
courir en bouillonnant et rouler le feu qu'elle
avait pris dans l'espace ardemment franchi. Mes
flancs animés luttaient contre ses flots dont ils
étaient pressés intérieurement, et goûtaient dans
ces tempêtes la volupté qui n'est connue que
des rivages de la mer, de renfermer sans aucune
perte une vie montée à son comble et irritée.
Cependant, la tête inclinée au vent qui m'appor-
tait le frais, je considérais la cime des montagnes

devenues lointaines en quelques instants, les arbres des rivages et les eaux des fleuves, celles-ci portées d'un cours traînant, ceux-là attachés dans le sein de la terre, et mobiles seulement par leurs branchages soumis aux souffles de l'air qui les font gémir. « Moi seul, me disais-je, j'ai le mouvement libre, et j'emporte à mon gré ma vie de l'un à l'autre bout de ces vallées. Je suis plus heureux que les torrents qui tombent des montagnes pour n'y plus remonter. Le roulement de mes pas est plus beau que les plaintes des bois et que les bruits de l'onde ; c'est le retentissement du centaure errant et qui se guide lui-même. » Ainsi, tandis que mes flancs agités possédaient l'ivresse de la course, plus haut j'en ressentais l'orgueil, et, détournant la tête, je m'arrêtais quelque temps à considérer ma croupe fumante.

La jeunesse est semblable aux forêts verdoyantes tourmentées par les vents : elle agite de tous côtés les riches présents de la vie, et toujours quelque profond murmure règne dans son feuillage. Vivant avec l'abandon des fleuves, respirant sans cesse Cybèle, soit dans le

lit des vallées, soit à la cime des montagnes,
je bondissais partout comme une vie aveugle
et déchaînée. Mais lorsque la nuit, remplie du
calme des dieux, me trouvait sur le penchant
des monts, elle me conduisait à l'entrée des
cavernes et m'y apaisait comme elle apaise les
vagues de la mer, laissant survivre en moi de
légéres ondulations qui écartaient le sommeil
sans altérer mon repos. Couché sur le seuil
de ma retraite, les flancs cachés dans l'antre
et la tête sous le ciel, je suivais le spectacle
des ombres. Alors la vie étrangére qui m'avait
pénétré durant le jour se détachait de moi
goutte à goutte, retournant au sein paisible de
Cybéle, comme après l'ondée les débris de la
pluie attachée aux feuillages font leur chute et
rejoignent les eaux. On dit que les dieux
marins quittent durant les ombres leurs palais
profonds, et, s'asseyant sur les promontoires,
étendent leurs regards sur les flots. Ainsi je
veillais, ayant à mes pieds une étendue de vie
semblable à la mer assoupie. Rendu à l'existence
distincte et pleine, il me paraissait que je sortais de naître, et que des eaux profondes et

qui m'avaient conçu dans leur sein venaient
de me laisser sur le haut de la montagne,
comme un dauphin oublié sur les sirtes par les
flots d'Amphitrite.

Mes regards couraient librement et gagnaient
les points les plus éloignés. Comme des rivages
toujours humides, le cours des montagnes du
couchant demeurait empreint de lueurs mal
essuyées par les ombres. Là survivaient, dans
les clartés pâles, des sommets nus et purs. Là
je voyais descendre tantôt le dieu Pan, toujours
solitaire, tantôt le chœur des divinités secrètes,
ou passer quelque nymphe des montagnes enivrée par la nuit. Quelquefois, les aigles du mont
Olympe traversaient le haut du ciel et s'éva-
nouissaient dans les constellations reculées ou
sous les bois inspirés. L'esprit des dieux, venant
à s'agiter, troublait soudainement le calme des
vieux chênes.

Vous poursuivez la sagesse, ô Mélampe ! qui
est la science de la volonté des dieux, et vous
errez parmi les peuples comme un mortel
égaré par les destinées. Il est dans ces lieux
une pierre qui, dès qu'on la touche, rend un

son semblable à celui des cordes d'un instrument qui se rompent, et les hommes racontent qu'Apollon, qui chassait son troupeau dans ces déserts, ayant mis sa lyre sur cette pierre, y laissa cette mélodie.

O Mélampe ! les dieux errants ont posé leur lyre sur les pierres ; mais aucun... aucun ne l'y a oubliée. Au temps où je veillais dans les cavernes, j'ai cru quelquefois que j'allais surprendre les rêves de Cybèle endormie, et que la mère des dieux, trahie par les songes, perdrait quelques secrets ; mais je n'ai jamais reconnu que des sons qui se dissolvaient dans le souffle de la nuit, ou des mots inarticulés comme le bouillonnement des fleuves.

« O Macarée ! me dit un jour le grand Chiron, dont je suivais la vieillesse, nous sommes tous deux centaures des montagnes ; mais que nos pratiques sont opposées ! Vous le voyez, tous les soins de mes journées consistent dans la recherche des plantes, et, vous, vous êtes semblable à ces mortels qui ont recueilli sur les eaux ou dans les bois et porté à leurs lèvres quelques fragments du chalumeau rompu par

le dieu Pan. Dès lors ces mortels, ayant respiré
dans ces débris du dieu un esprit sauvage ou
peut-être gagné quelque fureur secréte, entrent
dans les déserts, se plongent aux forêts, côtoient
les eaux, se mêlent aux montagnes, inquiets et
portés d'un dessein inconnu. Les cavales aimées
par les vents dans la Scythie la plus lointaine
ne sont ni plus farouches que vous ni plus
tristes le soir, quand l'Aquilon s'est retiré. Cher-
chez-vous les dieux, ô Macarée ! et d'où sont
issus les hommes, les animaux et les principes
du feu universel? Mais le vieil Océan, père de
toutes choses, retient en lui-même ses secrets,
et les nymphes qui l'entourent décrivent en
chantant un chœur éternel devant lui, pour cou-
vrir ce qui pourrait s'évader de ses lèvres entr'ouvertes par le sommeil. Les mortels qui
touchérent les dieux par leur vertu ont reçu de
leurs mains les lyres pour charmer les peuples,
ou des semences nouvelles pour les enrichir,
mais rien de leur bouche inexorable.

« Dans ma jeunesse, Apollon m'inclina vers
les plantes, et m'apprit à dépouiller dans leurs
veines les sucs bienfaisants. Depuis, j'ai gardé

fidèlement la grande demeure de ces montagnes, inquiet, mais me détournant sans cesse
à la quête des simples, et communiquant les
vertus que je découvre. Voyez-vous d'ici la
cime chauve du mont Œta ? Alcide l'a dépouil-
lée pour construire son bûcher. O Macarée !
les demi-dieux enfants des dieux étendent la
dépouille des lions sur les bûchers, et se consument au sommet des montagnes ! les poisons
de la terre infectent le sang reçu des immortels !
Et nous, centaures engendrés par un mortel
audacieux dans le sein d'une vapeur semblable
à une déesse, qu'attendrions-nous du secours
de Jupiter qui a foudroyé le père de notre race ?
Le vautour des dieux déchire éternellement les
entrailles de l'ouvrier qui forma le premier
homme. O Macarée ! hommes et centaures
reconnaissent pour auteurs de leur sang des
soustracteurs du privilége des immortels, et
peut-être que tout ce qui se meut hors d'eux-
mêmes n'est qu'un larcin qu'on leur a fait, qu'un
léger débris de leur nature emporté au loin,
comme la semence qui vole, par le souffle tout-
puissant du destin. On publie qu'Égée, père de

de Thésée, cacha sous le poids d'une roche, au
bord de la mer, des souvenirs et des marques
à quoi son fils pût un jour reconnaître sa naissance. Les dieux jaloux ont enfoui quelque part
les témoignages de la descendance des choses ;
mais au bord de quel océan ont-ils roulé la
pierre qui les couvre, ô Macarée ? »

Telle était la sagesse où me portait le grand
Chiron. Réduit à la dernière vieillesse, le centaure nourrissait dans son esprit les plus hauts
discours. Son buste encore hardi s'affaissait à
peine sur ses flancs qu'il surmontait en marquant
une légère inclinaison, comme un chêne attristé
par les vents, et la force de ses pas souffrait à
peine de la perte des années. On eût dit qu'il
retenait des restes de l'immortalité autrefois
reçue d'Apollon, mais qu'il avait rendue à ce
dieu.

Pour moi, ô Mélampe ! je décline dans la
vieillesse, calme comme le coucher des constellations. Je garde encore assez de hardiesse pour
gagner le haut des rochers où je m'attarde, soit
à considérer les nuages sauvages et inquiets,
soit à voir venir de l'horizon les hyades plu-

vieuses, les pléiades ou le grand Orion ; mais je reconnais que je me réduis et me perds rapidement comme une neige flottant sur les eaux, et que prochainement j'irai me mêler aux fleuves qui coulent dans le vaste sein de la terre.

LA BACCHANTE

OILÀ la montagne dépouillée des chœurs qui parcouraient ses sommets; les prêtresses, les flambeaux, les clameurs divines sont retombés dans les vallées; la fête se dissipe, les mystères sont rentrés dans le sein des dieux. Je suis la plus jeune des bacchantes qui se sont élevées sur le mont Cithéron. Les chœurs ne m'avaient pas encore transportée sur les cimes, car les rites sacrés écartaient ma jeunesse et m'ordonnaient de combler la mesure des temps qu'il faut offrir pour entrer dans l'action des solennités. Enfin, les Heures, ces secrètes nour-

rices, mais qui emploient tant de durée à nous rendre propres pour les dieux, m'ont placée parmi les bacchantes, et je sors aujourd'hui des premiers mystères qui m'aient enveloppée.

Tandis que je recueillais les années réclamées pour les rites, j'étais semblable aux jeunes pêcheurs qui vivent sur le bord des mers. A la cime d'un rocher, ils paraissent quelque temps, les bras tendus vers les eaux et le corps incliné, comme un dieu prêt à se replonger ; mais leur âme balance dans leur sein mortel et retient leur penchant. Enfin ils se précipitent, et quelques-uns sont racontés qui revinrent couronnés sur les flots. Ainsi je suis demeurée longtemps suspendue sur les mystères ; ainsi je m'y suis abandonnée et ma tête a reparu couronnée et ruisselante.

Bacchus, jeunesse éternelle, dieu profond et partout répandu, j'ai de bonne heure reconnu tes marques dans mon sein et rassemblé tous mes soins pour les dévouer à ta divinité. Je me portai un jour vers le lever du soleil, dans le temps où les rayons de ce dieu comblent la maturité des fruits et ajoutent la dernière vertu aux ouvrages de la terre. Je gagnai les collines pour m'offrir à ses traits et devant déplier mes cheveux à la première issue de sa lumière au-dessus de l'horizon ; car on enseigne que la chevelure inondée par les flammes matinales en devient plus féconde et reçoit une beauté qui l'égale à la chevelure de Diane. Mes yeux, en sortant, avaient surpris les extrémités des ombres qui redescendaient sous le pôle. Quelques signes célestes, lents à accomplir leur déclin vers les flots, marquaient encore le ciel presque abandonné, et le silence laissé par la nuit occupait les campagnes. Mais ainsi que, dans les fraîches vallées de la Thessalie, les fleuves ont coutume d'élever une haleine semblable aux nuages, et qui se repose sur eux-mêmes, la vertu de ton souffle, ô Bacchus ! s'était exhalée du sein de la terre, durant les ombres, et régnait au retour du soleil sur toute l'étendue des plaines. Les constellations qui se lèvent, pâles, prennent moins d'éclat en gagnant dans la profondeur de la nuit, que ma vie ne croissait dans mon sein, soit en puissance, soit en splendeur, à mesure que je pénétrais dans les champs. Quand j'arrêtai mes pas

au plus haut des collines, je chancelais comme
la statue des dieux entre les bras des prêtres qui
la soulèvent jusqu'à la base sacrée. Mon sein,
ayant recueilli les esprits du dieu étendu sur la
plaine, en avait conçu un trouble qui pressait
mes pas et agitait mes pensées comme des flots
rendus insensés par les vents. Sans doute, ce
fut à la faveur de cet égarement que tu te pré-
cipitas dans mon sein, ô Bacchus ! car les dieux
surprennent ainsi l'esprit des mortels comme le
soleil qui, jaloux de pénétrer des rameaux pressés et pleins d'ombre, les fait entr'ouvrir par
l'aquilon.

Puis Aëllo survint. Cette bacchante, fille de
Typhon, le plus emporté de tous les vents, et
d'une mère errante dans les montagnes de la
Thrace, avait été élevée par les nymphes de ces
contrées, dans le sein des cavernes et à l'écart
de tous les hommes ; car les dieux confient aux
fleuves qui tournent leur cours vers les plus
grands déserts, ou aux nymphes qui habitent
les quartiers des forêts les moins accessibles, la
nourriture des enfants issus de leur mélange
avec les filles des éléments ou des mortels. Aëllo

descendait de la Scythie, où elle s'était élevée
jusqu'aux sommets des monts Riphées, et se
répandait dans la Grèce, agitant de toutes parts
les mystères et portant ses clameurs sur toutes
les montagnes. Elle avait atteint l'âge où les
dieux, comme les bergers qui détournent l'eau
des prairies, ferment les courants qui abreuvent
la jeunesse des mortels. Quoiqu'elle possédât
encore la fierté d'une vie toute pleine, les bords,
il fallait le reconnaître, commençaient à se
dessécher, et d'ailleurs l'usage des mystères
avait troublé l'ordre de sa beauté, qui présentait
de grandes marques de pâleur. Sa chevelure,
aussi nombreuse que celle de la nuit, demeurait
étendue sur ses épaules, attestant la force et la
richesse des dons qu'elle avait reçus des dieux ;
mais, soit qu'elle l'eût trop de fois déployée dans
le tourbillon des vents hyperboréens, soit qu'elle
souffrît dans sa tête le travail de quelque destinée
secrète, cette chevelure flétrie devançait l'injure
des ans à peine commencée. Ses regards décla-
raient dès l'abord qu'ils avaient reçu l'empire des
plus vastes campagnes et de la profondeur du
ciel ; ils régnaient toujours et se mouvaient sans

se hâter, s'étendaient de préférence vers ces rivages de l'espace où sont rangées les ombres divines, qui reçoivent dans leur sein tout ce qui disparaît à l'horizon. Cependant, par intervalles, ce grand regard et d'un si long cours devenait irrésolu, et roulait dans le trouble comme celui de l'aigle au moment où ses yeux ressentent les premiers traits de la nuit. Elle montrait aussi des inconstances dans la manière de porter ses pas. Tantôt elle allait exaltant par degrés sa course ferme et légère qu'elle prenait au long des fleuves ou des forêts, et tantôt elle conduisait sa démarche, comme Latone cherchant dans sa longue aventure un point d'asile pour enfanter les dieux qu'elle avait conçus. Quelquefois pour l'hésitation de ses pas qui cherchaient à s'assurer et à l'air de sa tête contraint et chargé, on eût dit qu'elle marchait au fond d'un océan. Quand son sein par la persuasion de la nuit se rangeait au calme universel, sa voix sortait dans les ombres, paisible et longtemps soutenue, comme le chant des Hespérides à l'extrémité des mers.

Aëllo me renferma dans son amitié et

m'instruisit avec tous les soins que les dieux
emploient autour des mortels désignés pour
leur faveur, et qu'ils veulent élever eux-mêmes.
Comme les jeunes Arcadiens qui descendent
avec le dieu Pan aux plus secrètes forêts pour
apprendre de lui à poser leurs doigts sur les flû-
tes sauvages, et aussi à recueillir dans leur esprit
le gémissement des roseaux, je marchais avec
la grande bacchante qui, chaque jour, tirait ses
pas vers quelque point écarté. C'était dans ces
lieux déserts que son discours se déclarait, et
que j'écoutais ses paroles prendre leur cours
comme si j'eusse assisté à la source cachée d'un
fleuve :

« Les nymphes qui régnent dans les forêts,
disait-elle, se plaisent à exciter, sur le rivage
des bois, des parfums ou des chants si doux
que le passant rompt son chemin et s'induit
pour les suivre au plus obscur de ces retraites.
Une influence subtile pénétre l'esprit de l'étran-
ger, l'égarement qui s'élève en lui altère la
fermeté de ses pas, et, tandis qu'il s'avance
semblable aux demi-dieux champêtres qui portent toujours quelque ivresse dans leurs veines,

les nymphes s'applaudissent de la puissance de
leur séjour sur l'esprit des mortels.

« Mais Bacchus fait reconnaître l'enivrement
de son haleine à tout ce qui respire et même à
la famille inébranlable des dieux. Son souffle
toujours renouvelé court par toute la terre,
nourrit aux extrémités l'ivresse éternelle de
l'Océan, et, poussé dans l'air divin, il agite les
astres qui se décrivent sans cesse autour du
pôle ténébreux. Lorsque Saturne dans le sein
de la nuit mutila Uranus endormi, la terre et
les mers reçurent avec le sang répandu une
nouvelle fécondité dont les premiers fruits qui
s'élevèrent furent les nymphes sur la terre et
Aphrodite sur les mers. Bacchus, sans cesse
arrêté comme une tiède vapeur dans le sein
humide de Cybèle, soutient la chaleur du sang
vieilli qui engendre encore des chœurs entiers
de nymphes dans l'épaisseur des forêts et dans
l'écume immortelle des eaux.

« Les fleuves ont leur séjour dans les palais
profonds de la terre, demeures étendues et reten-
tissantes, où ces dieux penchés président à la
naissance des sources et au départ des flots. Ils

régnent, l'oreille toujours nourrie de l'abondance
des bouillonnements, et l'œil attaché à la destinée de leurs ondes. Mais ni la profondeur ni
l'état impénétrable de leurs voûtes ne peuvent
soustraire ces divinités à Bacchus, car nul accès
ne lui fut interdit par les destins. Les fleuves
s'agitent sur leurs couches et le limon antique
s'émeut dans le sein de leurs urnes troublées.

« Durant le règne d'un été, j'avais attaché
mon séjour au sommet des monts Pangées. Des
atteintes secrètes que je reconnais chaque année,
les joies de la terre et la beauté des campagnes
approchant, m'engagent à prendre les rampes
des montagnes. Les mortels agréables aux dieux
ou dont l'excès des maux les a touchés ont été
conduits et rangés parmi les signes célestes :
Maïa, Cassiopée, le grand Chiron, Cynosure et
les tristes Hyades sont entrés dans la marche silencieuse des constellations. Guidés par les destins,
ils gravissent dans le ciel et déclinent sans écart
ni suspens, et sans doute cette poursuite d'une
marche qui s'élève et retombe, et reprend sur
elle-même, institue un état de bonheur s'étendant à des limites incertaines, empruntant de la

monotonie des chemins et mêlé de quelques
pavots. Je voulais qu'une marche lente, appli-
quée aux escarpements des monts, engendrât
en moi une disposition pareille à celle que les
astres tirent de leur cours, mon chemin me
portant vers le comble des montagnes ainsi
qu'ils s'élèvent dans les degrés de la nuit. Mais
le fruit ne peut écarter la maturité qui l'approche ; chaque jour la terre le pénètre de dons
plus pressants dont la chaleur qui le consume
se marque au dehors par des couleurs toujours
plus avancées. Atteinte comme lui et gagnée
dans mon sein, j'étais impuissante à rejeter ou à
ralentir la vie qui m'était suggérée. Les pas tar-
difs, la recherche sous les forêts des asiles con-
sacrés à ces divinités muettes et si puissantes
par le calme, qui assoupissent les douleurs les
plus aigües ; les longues pauses sous les souffles
qui viennent du couchant, la chute du soleil
étant accomplie, ni l'ombre vide de la nuit, ni
les songes ne pouvaient suspendre un moment
les secrètes poursuites dont mon esprit souffrait
l'effort. Je m'élevai jusqu'à ce degré des montagnes qui reçoit les pas des immortels ; car, parmi

eux, les uns se plaisent à parcourir la suite des
monts, tenant leur marche inébranlable sur les
ondulations des cimes, et d'autres, sur les rochers
qui régnent au loin, consument les heures à
plonger dans la dépression des vallées, y recueil-
lent les approches de la nuit ou considèrent
comment les ombres et les songes s'engagent
dans l'esprit des mortels. Parvenue à ces hauteurs, j'obtins les dons de la nuit, le calme et le
sommeil qui réduisent les agitations même sou-
levées par les dieux. Mais ce repos fut semblable
à celui des oiseaux amis des vents et sans cesse
portés dans leur cours. Quand ils obéissent aux
ombres et abattent leur vol vers les forêts, leurs
pieds s'arrêtent aux branches qui, perçant dans
le ciel, sont facilement émues par les souffles
qui parcourent la nuit ; car jusque dans le sommeil ils se réjouissent des atteintes des vents et
veulent que leur plumage frissonne et s'entr'-
ouvre aux moindres haleines survenues au faîte
des bois. Ainsi, dans le sein même du repos,
mon esprit demeurait exposé au souffle de
Bacchus. Ce souffle observe en se répandant
une mesure éternelle et se communique à tout

ce qui jouit de la lumière ; mais un petit nombre de mortels, par un privilége des destinées,
savent s'informer de son cours. Il règne jusqu'à
l'extrême sommet de l'Olympe, et passe à travers le sein même des dieux couverts de l'égide
ou revêtus de tuniques impénétrables. Il retentit
dans l'airain toujours agité autour de Cybèle, et
conduit la langue des muses qui entraînent dans
leurs chants l'histoire entière de la génération
des dieux dans les entrailles humides de la terre,
au sein de la nuit sans bornes, ou dans l'Océan
qui a nourri tant d'immortels.

« Au sortir du sommeil, je livrais mes pas
à la conduite des Heures. Elles réglaient ma
course sur les degrés du jour, et je tournais
sur la montagne, entraînée par le soleil, comme
l'ombre qui accomplit sa révolution au pied des
chênes. Les pas de quelques mortels furent
arrêtés par les dieux au voisinage des eaux, dans
la profondeur des forêts ou sur la descente des
collines. Des racines soudaines ont conduit leurs
pieds dans le sol, et toute la vie qu'ils conte-
naient s'est étendue en rameaux et déployée en
feuillage. Les uns, attachés au bord des eaux

dormantes, gardent un calme sacré et accueillent
à l'approche du jour l'essaim des songes qui
prennent asile dans leur branchage obscur.
D'autres, ajoutés aux forêts de Jupiter ou dres-
sés sur les sommets stériles, portent une cime
vieille et sauvage, qui prend tous les vents, et
arrêtent toujours quelqu'un de ces oiseaux
écartés qu'observent les mortels. Leur destin
est irrévocable, car la terre divine les possède
et ils sont assujettis à la nourriture éternelle
de son sein ; mais tels qu'ils ont été rendus et
dans l'immobilité de leur état, ils retiennent
encore quelques secrets mouvements de leur
première condition. Que les saisons déclinent
ou se relèvent, ils demeurent attentifs au soleil ;
de tout ce qui se meut dans l'univers ils ne
discernent plus que lui, et c'est à lui seul qu'ils
adressent ce qu'ils peuvent former encore de
vœux confus. Quelques-uns même, telle est la
force de leur amour, conduisent le mouvement
de leur croissance sur la marche du dieu et
tournent vers son passage l'abondance de leurs
rameaux. Dans le chemin où j'entrais à la suite
du jour, j'ai vu mes pas tomber dans le ralentis-

sement, mes forces encore pleines, et s'éteindre
enfin dans une entière immobilité. Alors je
devenais semblable à ces mortels réduits sous
l'écorce et arrêtés dans le sein puissant de la
terre. Retenue dans le repos, je recevais la vie
des dieux qui passaient, sans marquer de mouvement et les bras détournés vers le soleil. C'était
vers l'heure du jour qui montre le plus puissant
éclat : tout s'arrêtait sur la montagne, le sein
profond des forêts ne respirait plus, les flammes
fécondes embrasaient Cybèle, et Bacchus eni-
vrait jusqu'à la racine des îles dans les entrailles
de l'Océan.

« La marche du soleil dans le déclin déter-
minait mes pas vers les points de la montagne
les plus avancés vers l'occident. Le dieu disparu
et la lumière qu'il laissait ayant ressenti le
premier mélange des ombres, le sein des vallées
et toute l'étendue des campagnes reprenaient,
mais lentement, la liberté de leur haleine. Les
oiseaux s'élevaient au-dessus des bois, cherchant
dans le ciel si le cours des vents s'était rétabli;
mais leurs ailes encore enivrées fournissaient
avec peine un vol chancelant et plein d'erreur.

Un murmure né au faîte des forêts témoignait
du réveil des souffles, mais les cimes ne ren-
daient qu'un tremblement léger qui n'égalait
pas l'agitation éprouvée par les rameaux de
cyprès dans les mains de Pan, quand le dieu se
retire des chœurs qu'il anime durant les nuits
favorables : la mesure impétueuse s'attache à
ses pas et le fait rentrer chancelant dans les bois
endormis. Sortis de l'épaisseur de leurs retraites,
les animaux sauvages venaient prendre sur les
hauteurs une respiration plus vive : leurs yeux
paraissaient dans une flamme nouvelle, leur
voix terrible était tombée dans le murmure et
leur marche hardie dans la langueur des pas.

« Cependant les ombres comblaient la profondeur des vallées ; elles montaient vers moi,
distribuant à tout ce qui respire le sommeil et
les songes, elles me joignaient enfin et m'enve-
loppaient, mais sans me pénétrer. Je demeurais
ferme et vive sous la pesanteur de la nuit, tandis
que la terre, pleine de sommeil, communiquait
le repos à mes membres et les gagnait à l'immobilité générale ; mon front veillait sans être
frappé de langueur. Il était animé de tous les

dons répandus par les dieux durant le jour, leur charme l'entourait ; et la vie nouvelle que j'avais recueillie lui envoyait ses esprits enflammés.

« Callisto, revêtue d'une forme sauvage par la jalousie de Junon, erra longtemps dans les déserts. Mais Jupiter, qui l'avait aimée, l'ôta des bois pour l'associer aux étoiles et conduisit ses destins dans un repos dont ils ne peuvent plus s'écarter. Elle a reçu sa demeure au fond du ciel ténébreux qui répandit les éléments, les dieux et les mortels dans les entrailles de Cybèle. Le ciel range autour d'elle les plus antiques de ses ombres et lui fait respirer ce qu'il possède encore des principes de la vie, y joignant les atteintes du feu infatigable dont les émanations animent l'univers. Pénétrée d'une ivresse éternelle, Callisto se tient inclinée sur le pôle, tandis que l'ordre entier des constellations passe et abaisse son cours vers l'Océan. Telle, durant la nuit, je gardais l'immobilité au sommet des monts, la tête enveloppée d'une ivresse qui la pressait comme la couronne de pampre et de fruits qui entretient aux tempes de Bacchus une jeunesse inaltérable. »

Ainsi m'instruisait Aëllo par le récit de ses
destins. Une fois debout pour suivre la voix qui
l'appelait dans la science des dieux, mon esprit
ne retourna plus vers la foule où il avait sa
première demeure : il s'éloigna avec son guide
vers les mystères les moins fréquentés. Chaque
jour la parole de la grande bacchante se relevait,
prenant devant moi dans l'obscurité des chemins. Souvent les Muses quittent le mouvement
rapide des chœurs pour commencer une marche
à pas lents au sein de la nuit. Revêtues de leurs
voiles les plus épais et se conduisant sur l'extrémité des monts, elles ouvrent des chants
divins sous les ténèbres. La parole d'Aëllo m'en-
traînant vers les dieux, s'avançait pareille à cette
voix des Muses portée dans les ombres. Un
antre ouvert sur les plaines, les cimes réservées
aux derniers traits du jour, le lit des vallées les
plus fécondes, tels étaient les lieux où me gui-
dait le choix d'Aëllo. La durée de ses entretiens
pénétrait souvent jusque dans le sein de la nuit,
et alors elle se retirait seule, laissant son discours suspendu dans mon esprit comme les
nymphes qui, ayant attaché leurs vêtements

humides à une branche inclinée, rentrent dans
le secret de leurs demeures.

Cependant s'avançaient les mystères qui al-
laient enfin m'emporter dans leur cours, mais
leurs premiers mouvements dans les bacchantes
devancèrent de bien loin l'heure de leur lever.
Chacune de nous, ayant reconnu en soi les
signes envoyés par le dieu, commença dès
lors à s'écarter, car les mortels atteints par les
divinités dérobent aussitôt leurs pas et se conduisent par des attraits nouveaux. Nous entrâ-
mes chacune dans le penchant où nous portait le
cours de notre esprit. Semblables aux nymphes,
filles du Ciel et de la Terre, qui, dès leur naissance, se répartirent à l'ouverture des fontaines,
aux divers cantons des forêts et à tous les lieux
où Cybèle avait rassemblé des marques de sa
fécondité, ces penchants nous dispersèrent à
toutes les régions des campagnes. Nous fûmes
admises dans la destinée des dieux qui s'atta-
chèrent à régner sur les éléments. Puissants sur
les fleuves, les bois, les vallées fertiles, ils se
réjouissent à considérer la vie qui s'achemine
sous leurs yeux. Mais dans la durée de ce loisir

attentif qu'ils mènent, penchés sur les ondes,
leur vie immortelle se conforme à leur chute
monotone, et leur nature s'engage dans les éléments contemplés, comme un homme surpris
au bord des fleuves par le sommeil et les songes
et dont la robe se répand dans les flots. Chaque
bacchante s'alliait ainsi à quelque lieu signalé
par la naissance d'une destinée naturelle. Aëllo
parut à la cime des collines et reposa longtemps
sa tête sur le sein de la Terre ; elle semblait
attendre, comme Mélampe, fils d'Amithaon, que
le serpent marqué d'un pavot vînt se nouer
autour de ses tempes. Hippothée, assise à la
venue des fontaines, y fut rendue immobile ;
ses cheveux, qu'elle avait répandus, ses bras
dans l'abandon, et l'attachement de ses regards
à la fuite des eaux marquaient sa pente vers leur
destinée et que son esprit se joignait à leur
cours. La marche de Plexaure se plongea dans
les forêts les plus déployées. Quand une océa-
anide est touchée de sommeil, tandis qu'elle
parcourt les mers, ses membres s'affaissent et
prennent leur couche sur les flots ; elle a résigné
la conduite de son voyage à l'inconstance des

ondes. Flottante, on dirait de loin un mortel expiré ; mais, dans la vague qui l'emporte, elle est étendue avec la légèreté de la vie et son sein use d'un sommeil inspiré par l'Océan. Tel paraissait le repos de Plexaure dans le lit des forêts. Arrêtée sur le bord des descentes profondes, Telesto s'inclinait, tenant ses bras étendus vers les vallées, pareille à Cérès, au sommet de l'Etna, quand la déesse, s'avançant sur l'ouverture du cratère, allume sa torche de pin dans le feu du volcan.

Pour moi qui ignorais encore le dieu, je courais en désordre dans les campagnes, emportant dans ma fuite un serpent qui ne pouvait être reconnu de la main, mais dont je me sentais parcourue tout entière. Semblable à un rayon de soleil, conduit en replis autour d'un mortel par la puissance des dieux, ses nœuds m'enlaçaient d'une chaleur subtile qui irritait mes esprits et chassait mes pas comme un aiguillon. J'allais accusant Bacchus et songeant aux flots de la mer où je me croyais contrainte ; mais le dieu eut dans peu de temps épuisé mes pas. Inclinée vers la chute, j'implorai la terre qui

donne le repos, quand le serpent, redoublant ses
nœuds, attacha dans mon sein une longue mor-
sure. La douleur n'entra pas dans mon flanc déchiré; ce fut le calme et une sorte de langueur,
comme si le serpent eût trempé son dard dans la
coupe de Cybéle. Il s'éleva dans mon esprit une
flamme aussi tranquille que les lueurs nourries
durant la nuit sur un autel sauvage érigé aux divinités des montagnes. Attentive et dans le repos
comme une nymphe de Nysa, pressant dans ses
bras l'enfance de Bacchus, j'occupai les antres
jusqu'à l'heure où, le cri d'Aëllo ayant signalé la
venue des mystéres, je m'élevai sur les traces de
cette bacchante qui marchait devant nous comme
la Nuit, quand, la tête détournée pour appeler
les ombres, elle se dirige vers l'occident.....

TABLE DES MATIÈRES

CE livre, le troisième édité par les
Bibliophiles de Provence a été
tiré sur les presses du maître impri-
meur Ferran, à Marseille, il a été
achevé d'imprimer le
xx Décembre
MCMXXIX.

MAURICE DE GUERIN ❖ LE CENTAURE · LA BACCHANTE

www.ingramcontent.com/pod-product-compliance
Ingram Content Group UK Ltd.
Pitfield, Milton Keynes, MK11 3LW, UK
UKHW022102170726
13837UKWH00003B/1052